Simone Veenstra · Ulrike Rogler

Tatort Dachboden

Mit Illustrationen von
Katherina Lindenblatt

gondolino

ISBN: 978-3-8112-2998-3

Reihenlogo: Gisela Dürr
Umschlagillustration: Gisela Dürr
Printed in Slovenia – 003
5 4 3 2 1

Der Umwelt zuliebe gedruckt auf chlorfrei gebleichtem Papier.

www.gondolino.de

Inhalt

Fall 1:
Diebstahl in der Nacht

Fine lauscht. Ein leises Quietschen ist zu hören. Sie springt aus dem Bett, läuft zum Fenster und öffnet es. Wie erwartet hängt eine kleine braune Holzkiste an einem Seil direkt unter ihrem Fenster. In der Kiste liegt ein Zettel. Fine nimmt ihn heraus und liest: Hey, du Langschläferin, du verpasst einen super Badetag! Leo.

Fine nimmt einen Zettel und schreibt: Guten Morgen, Leo. Bin gleich fertig.

Den Zettel legt sie in die kleine Holzkiste. Die hängt an einem Seil, das zwischen ihrem und Leos Zimmer im gegenüberliegenden Haus gespannt ist. Beide haben ein Zimmer unterm Dach. Irgendwann kam Fine auf den Gedanken, dass es toll wäre, Nachrichten und andere Sachen hin- und herzuschicken. Aus einem alten Flaschenzug, einem langen Seil und einer kleinen Holzkiste bastelten sich die beiden eine Art Post an der Schnur.

Fine läuft nach unten in die Küche. So schnell sie kann, schlingt sie ihr Käsebrot herunter. Doch bevor sie den letzten Bissen verputzt hat, steht Leo schon in der Küche.

„Ich dachte mir, ich sorge mal dafür, dass du dich beeilst", erklärt er.

„Fine ist eine Langschläferin. Wenn sie früher aufstehen würde, müsste sie nicht so schlingen", stichelt Nina, Fines ältere Schwester. Doch bevor Fine protestieren kann, ertönt plötzlich ein Lied:

„Uuh Baby, uuh Baby, Baby, Baby …"

Nina springt auf. Es ist ihr Handy. Immer wenn dieser Song ertönt, ist es Ninas Freund Igor. Er hat ihr extra dieses Lied als Erkennungsmelodie auf das Handy gespielt. Während Nina telefoniert, brechen Fine und Leo auf.

Als die beiden vor die Tür treten, lässt auf der anderen Straßenseite Herr Weber von gegenüber gerade seine Katze nach draußen.

„Meine Schwester sagt, Herr Weber ist ein Katzenfeind", flüstert Fine, „weil die Katze nachts nicht raus darf. Er holt sie immer um acht Uhr abends rein. Dabei lieben Katzen es, nachts draußen zu sein."

Pünktlich zum Mittagessen sind Leo und Fine vom See zurück.

„Guck mal!" Leo zeigt auf ein kleines Baugerüst vor Herrn Webers Haus. Zwei Männer sitzen dort drauf. Der eine trägt einen Hut und ist der Gärtner von Herrn Weber. Leo und Fine haben ihn schon oft gesehen. Neben ihm sitzt ein Mann, der

sich wie ein Pirat ein rotes Tuch um den Kopf gebunden hat.

„Die haben sich ja einen schönen Platz für ihre Mittagspause ausgesucht", findet Fine.

„Ein bisschen eng", meint Leo. Die beiden Männer versuchen gerade gleichzeitig, ihre Brötchen aufzuschneiden, und sind sich dabei mit den Ellenbogen gegenseitig im Weg. Das sieht ziemlich lustig aus.

„Sie müssten ihre Plätze tauschen", stellt Fine fest. „Der mit dem roten Kopftuch ist anscheinend Linkshänder. Er versucht, sein Brötchen mit der linken Hand aufzuschneiden. Das ist typisch für Linkshänder, sie machen die meisten Sachen mit links."

„Stimmt", pflichtet Leo seiner Freundin bei. „In der Schule musste ich mit Tom auch die Plätze tauschen, weil er Linkshänder ist. Wir sind beim Schreiben immer mit den Armen aneinandergestoßen."

„Da ist Igor." Fine zeigt auf einen Lieferwagen, der den Berg hochkommt. Er fährt an dem Haus von Fines Eltern vorbei, wendet weiter oben, rollt zurück zu Fine und Leo und parkt ein. Dabei achtet Igor darauf, dass andere Autos noch vorbeikommen, denn auf der gegenüberliegenden Straßenseite stehen zwei weitere Lieferwagen. Der eine gehört dem Gärtner. Auf dem anderen steht: Dachdeckermeister Himmelhoch.

„Igor parkt immer so, dass er gleich in die richtige Richtung losfahren kann, wenn er wieder geht", stellt Fine fest.

„Was dir so alles auffällt“, sagt Igor grinsend, während er sein Auto abschließt. Dann sieht er die beiden Männer und das Baugerüst. „Aha, Herr Weber lässt wohl endlich seine Dachrinne in Ordnung bringen. Da kam ja immer das ganze Wasser an allen möglichen Stellen raus, wenn es geregnet hat.“

„Fine, jetzt macht aber mal Schluss, es ist schon halb elf.“ Fines Mutter steht in der Zimmertür und ermahnt ihre Tochter, endlich aufzuhö-

ren, mit Leo Briefe an der Schnur hin- und herzuschicken.

„Gleich“, antwortet Fine, „schließlich sind Sommerferien. Und Igor ist auch noch bei Nina.“

„Nina und Igor sind auch viel älter als du. Außerdem geht Igor gleich.“

„Na gut, ich schreibe Leo einen Brief und verabschiede mich.“

Doch Leo will Fine unbedingt noch etwas schicken. Er winkt damit und legt es dann in die Holzkiste.

Kurz vor Fines Fenster bleibt die Kiste in einem Ast des Apfelbaums hängen. Das passiert manchmal. Doch Fines Vater ist nicht bereit, nur für Leos und Fines Schnurpost den störenden Ast abzusägen.

Fine greift zu dem alten Besenstiel, den sie für solche Fälle in ihrem Zimmer hat. Dann klettert sie auf das Fensterbrett und lehnt sich so weit es geht, ohne dass es gefährlich wird, aus dem Fenster. Mit dem Besenstiel versucht sie, die

Holzkiste von dem Ast zu befreien. Plötzlich hört sie unter sich ein Rascheln. Vor Schreck verliert sie fast das Gleichgewicht. Dann erkennt sie die schwarze Katze von Herrn Weber.

„Hast du mich erschreckt“, flüstert sie.

Fine kümmert sich wieder um ihre Schnurpost. Dabei sieht sie jemanden auf dem Gehweg. In der linken Hand hält er eine große Tasche, und mit der anderen schließt er die Autotür eines Lieferwagens auf.

Mühsam stochert Fine nach der Holzkiste und summt dabei „Uuh Baby, uuh Baby“, weil das Lied mal wieder aus Ninas Handy ertönt.

Dann hört sie, wie die Autotür zugeschlagen wird und der Lieferwagen sich den Berg hochfahrend entfernt.

„Na endlich“, seufzt Fine, als der Ast die Kiste freigibt. Darin findet sie einen Comic, den sie sich nachmittags von Leo leihen wollte und dann vergessen hatte.

Das vertraute Quietschen weckt Fine am nächsten Morgen. Sie springt aus dem Bett und holt Leos Nachricht aus der Holzkiste.

Komm sofort runter, es ist etwas passiert!, steht auf dem Zettel.

Fine stürzt nach unten. Eine kleine Gruppe Neugieriger hat sich um zwei Polizisten versammelt. Alle reden durcheinander.

„Ich habe einen Lieferwagen wegfahren sehen!“, schreit Herr Weber aufgeregt. „Es war

der Wagen, der hier immer parkt. Es war der Freund von Nina!“

„Das stimmt nicht!“ Nina ist vor Aufregung ganz rot im Gesicht.

„Konnten Sie das Fahrzeug eindeutig erkennen?“, fragt der Polizist Herrn Weber. Der schüttelt etwas kleinlaut den Kopf.

„Die wertvolle Briefmarkensammlung von Herrn Weber wurde gestern Abend gestohlen“, erklärt Leo seiner Freundin. „Jemand ist auf das Gerüst geklettert und hat das Fenster geöffnet. Das Album mit den Briefmarken lag offen auf dem Tisch. Herr Weber sagt, der Einbruch muss irgendwann zwischen acht und zwölf Uhr nachts passiert sein. Um acht war das Briefmarkenalbum noch da. Er hatte tagsüber daran gearbeitet und es auf dem Schreibtisch liegen lassen. Als die Katze um zwölf plötzlich draußen vor seiner Tür saß, hat er sich gewundert, denn er hatte sie um acht rein geholt. Er ist durchs Haus gelaufen und hat das offene Fenster bemerkt. Dass die

Briefmarken weg sind, hat er erst heute Morgen festgestellt."

„Und jetzt behauptet Herr Weber, es wäre Igor gewesen, nur weil er einen Lieferwagen gesehen hat." Nina hat Tränen in den Augen.

„Ich habe den Wagen auch gesehen", erklärt Fine. „Das war bestimmt der Dieb. Und ich weiß auch, wer es war."

Weißt du es auch?

Fall 2:
Im Visier des Juwelenräubers

„Meinst du, hier passiert jemals ein echter Kriminalfall?“ Julius schlendert neben seinem Freund Tobi die Straße entlang.

Die beiden Freunde sind Detektive. Ihre Detektivzentrale haben sie auf dem Dachboden eines verlassenen Bauernhauses eingerichtet.

„Klar bekommen wir irgendwann unseren Fall“, antwortet Tobi. „Manchmal steckt man schon mittendrin und weiß es gar nicht. Wir müssen immer mit dem Schlimmsten rechnen.“

Daraufhin zückt Tobi ein kleines Heft, auf dem steht: Verdächtige Personen, Indizien, Fälle! Die beiden Freunde sind direkt nach dem Juweliergeschäft Hobrecht in eine kleine Straße eingebogen. Am Straßenrand parken zwei Autos. Tobi schlägt sein Notizbuch auf und schreibt:

FH – UR 261, roter Golf, hinten links kleine Beule, Fingerabdrücke sichergestellt. 16.34 Uhr.

ES – LA 221, grüner Passat, gelber Aufkleber hinten, Fingerabdrücke sichergestellt. 16.37 Uhr.

Zufrieden klappt Tobi das Heft wieder zu und sagt: „Wer weiß, vielleicht wird mit einem der Autos morgen eine Tankstelle überfallen."

Julius nickt. „Stimmt. Aber was soll das mit den Fingerabdrücken? Wir haben doch gar keine Fingerabdrücke genommen."

„Na ja", druckst Tobi, „ich habe das Fingerabdruck-Set im Büro vergessen. Aber ich finde, so hört es sich einfach besser an."

Am nächsten Morgen ruft Julius Tobi an. „Hast du schon in die Zeitung geguckt? Der Juwelier Hobrecht wurde überfallen und ausgeraubt!"

„Ja, und hast du auch weitergelesen?", fragt Tobi aufgeregt zurück. „Es ist gestern zwischen 16.30 Uhr und 16.45 Uhr passiert. Da waren wir ganz in der Nähe! Und der Dieb war so unvorsichtig und hat Fingerabdrücke hinterlassen."

„Wir treffen uns vorm Freibad, dann gehen wir schwimmen und überlegen, was wir tun können", schlägt Julius vor.

Eine halbe Stunde später stehen die beiden Jungs vor dem Bad.

„Dein Schnürsenkel ist offen." Tobi zeigt auf Julius' Turnschuh.

„Irgendwie sind die Schnürsenkel an diesen Schuhen blöd, sie gehen dauernd auf."

Während Julius seinen Turnschuh zubindet, kramt Tobi in seinem Rucksack. Die Zehnerkarte für das Freibad steckt ganz unten. Er muss alles aus dem Rucksack nehmen. Vor den Jungs läuft

ein Mann im Anzug auf und ab. Plötzlich klingelt sein Handy.

„Ach hallo, du bist es“, sagt er und hüpft auf einem Bein, während er den anderen Fuß schüttelt, bis endlich ein kleines Steinchen aus seiner Sandale fällt.

„Klar habe ich die Zeitung gelesen!“, ruft er aufgebracht in das Telefon.

„Ziemlich verdächtig, findest du nicht auch?“ Julius sieht Tobi an.

„Nein“, erklärt der Mann jetzt etwas ruhiger,

„ich kann das nicht notieren. Ich habe keinen Stift. Ja, da bin ich mir ganz sicher.“ Kurz darauf legt der Mann auf.

Bevor die Detektive sich mit der Aufklärung des Juwelenraubs beschäftigen, gehen sie erst mal schwimmen. Dann wollen sie sich an die Lösung des Falls machen. Doch als Tobi das Notizbuch aus seinem Rucksack holen will, ist es weg.

„Ich weiß genau, dass ich es eingepackt habe“, erklärt er.

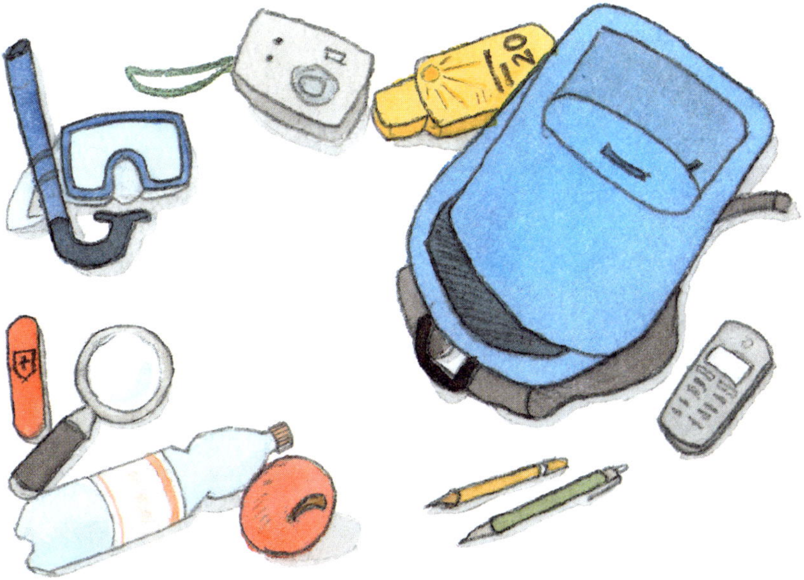

„Vielleicht hast du es draußen vor dem Eingang vergessen?“, überlegt Julius.

Doch dort liegt nichts. Julius geht zum Kassenhäuschen. Drinnen sitzt nicht der Kassierer von vorhin, sondern die Frau, die normalerweise Pommes verkauft.

„Wurde hier ein Notizbuch abgegeben?“, will Julius wissen.

Doch die Frau hört gar nicht zu, weil sich genau in diesem Augenblick der Kassierer wieder in das Kassenhäuschen quetscht, das für zwei Perso-

nen zu eng ist. Der Mann lässt sich auf einen Stuhl fallen und legt seine Füße auf den Tisch.

„Alles erledigt", sagt er zu der Frau. „Du kannst wieder zu deinen Pommes gehen."

„Helmut", kichert die Frau, „Turnschuhe vom Tisch. Ich komme sonst nicht durch. Außerdem sind sie offen."

Der Mann, der Helmut heißt, nimmt seine Füße seufzend vom Tisch und bindet den offenen Schnürsenkel. „Tolle Turnschuhe, aber die Schnürsenkel taugen nichts, die gehen dauernd auf", brummt er.

Julius räuspert sich. „Entschuldigung", sagt er, „mein Freund hat sein Notizbuch verloren. Wurde es vielleicht bei Ihnen abgegeben?"

„Meinst du etwa das Ding hier?" Helmut winkt mit dem Notizbuch.

„Ja, das ist es!", ruft Tobi. „Wo war es denn?"

„Hat es vielleicht so ein seltsamer Mann hier abgegeben?", will Julius wissen, der an den Mann mit dem Handy denken muss.

„Ja, genau!“, antwortet Helmut. „Ein sehr seltsamer Mann.“

„Hatte er einen Anzug und Sandalen an?“ Julius ist ganz aufgeregt.

Der Mann in dem Kassenhäuschen nickt.

„O nein“, stößt Tobi hervor. „Hoffentlich hat er nicht darin geblättert.“

„Tja, da muss ich dich enttäuschen“, sagt Helmut. „Das hat er sehr wohl. Ich habe es genau gesehen. Er hat sich sogar Notizen gemacht.“

Das ist eine schlechte Nachricht. Ein verdächtiger Mann, der in ihren Aufzeichnungen blättert und sich Notizen macht, ist beunruhigend. Auf Baden haben die beiden jetzt keine Lust mehr. Sie beschließen, sich in ihre Detektivzentrale zurückzuziehen.

Doch als die beiden Freunde dort ankommen, erwartet sie eine böse Überraschung: Die Bürotür ist aufgebrochen. Drinnen herrscht Chaos. Alles ist aus den Regalen gerissen, die Schubladen des Schreibtischs stehen offen, und der Inhalt liegt auf dem Boden verstreut.

„Ein Einbrecher!“, flüstert Tobi erschrocken.

„Aber was wollte der denn hier?“ Julius betritt das Büro.

„Mensch, pass auf!“, ruft Tobi und zieht seinen Freund zurück. „Wir müssen nach Spuren suchen. Du kannst da doch nicht drüberlaufen und alles verwischen. Sieh dir das an, da sind jetzt schon überall deine Fußabdrücke.“

„Das sind nicht meine.“ Julius stellt seinen Fuß zum Vergleich daneben. „Der Abdruck sieht zwar ganz genauso aus, aber er ist viel größer. Die müssen vom Einbrecher sein."

„Sieht so aus, als hätte er etwas gesucht." Vorsichtig betritt Tobi das Büro. „Der Ordner mit den Fingerabdrücken ist weg", stellt er fest.

Julius hebt das Radio vom Boden auf, stellt es auf den Schreibtisch und schaltet es ein. „Geht noch", stellt er erleichtert fest.

Tobi blättert in seinem Notizbuch, dann sagt er: „Weißt du, was ich denke? Es war der Mann, der unser Notizbuch gefunden hat. Es muss etwas drin stehen, das ihn veranlasst hat, hier einzubrechen. Nur was?"

„Woher wusste er denn, wo unsere Detektivzentrale ist?", fragt Julius erstaunt.

Tobi zeigt auf die erste Seite des Notizbuchs. „Ich habe die Adresse hier reingeschrieben. Ich ..."

„Schhh", zischt Julius und deutet auf das Radio, aus dem die Stimme der Nachrichtensprecherin kommt.

„Durch einen Zufall wurde vor wenigen Minuten die Beute aus dem gestrigen Überfall auf das Juweliergeschäft entdeckt. Bei Klempnerarbeiten im Freibad fand man im Spülkasten der Toilette eine Plastiktüte mit dem Diebesgut. Der Dieb ist weiter unbekannt.“

„Mensch!“, ruft Tobi aufgeregt. „Jetzt weiß ich, was los ist. Der Mann, der das Notizbuch gefunden hat, ist der Juwelendieb. Erinnerst du dich, dass man Fingerabdrücke von dem Dieb sicher-

gestellt hat? Und gestern waren wir doch ganz in der Nähe von dem Juwelier, der überfallen wurde. Bestimmt hat ihm eins der Autos dort gehört. Ich habe die Autokennzeichen notiert und hinzugefügt, dass ich Fingerabdrücke genommen hätte. Als er das gelesen hat, dachte er natürlich, wir würden die Abdrücke hier irgendwo aufbewahren. Damit hätten wir dann auch das Autokennzeichen gehabt."

„Du hast Recht", stimmt Julius zu. „Und heute Morgen war er im Schwimmbad und hat dort die Tüte versteckt."

„Genau. Wir müssen sofort zur Polizei und ihnen das Kennzeichen geben."

„Oder wir erklären ihnen gleich, wo sie den Dieb abholen können", erklärt Julius.

„Wie meinst du das?", fragt Tobi verwundert.

`Weißt du, was Julius meint?`

Fall 3:
Die Mutprobe

„Herzlich willkommen auf Schloss Kaltenbein!" Ein sehr großer, dünner Mann steht vor der Klasse 4b. Er verzieht seine schmalen Lippen zu einem Lächeln. „Ich bin Freiherr von Kaltenbein und euer Herbergsvater. Ich hoffe, ihr werdet euch hier wohlfühlen."

Karl meldet sich und fragt: „Gibt es hier Gespenster?"

Die anderen Schüler lachen.

Herr Kaltenbein grinst. „Ihr lacht, aber es gibt tatsächlich welche. Dieses Schloss wurde auf einem Feld gebaut, das die Einheimischen hier das Geisterfeld nannten. Und die Geister, die das Feld bewohnten, sind gemeinsam mit meinen Vorfahren in das Schloss gezogen."

„Und wo sind die Geister heute?", will Karl wissen.

Jetzt lacht niemand mehr.

„Nachts kann man ihnen überall begegnen", erklärt Herr Kaltenbein. Die Klassenlehrerin,

Frau Quietsch, räuspert sich. Sie will nicht, dass die Kinder Angst bekommen. Der Herbergsvater versteht und fügt schnell hinzu: „Aber wenn Gäste da sind, bleiben sie auf dem Dachboden."

„Wie viele Gespenster gibt es denn im Schloss?", fragt Anne.

„Zurzeit haben wir drei hier", antwortet Herr Kaltenbein und fährt sich mit seinen langen, dünnen Fingern durch das schwarze Haar. „Da ist die Schaukelnde Susanne, der Kegelnde Klaus und die Malende Marie."

„Warum haben die Gespenster denn so komische Namen?“, erkundigt sich Lucy, Annes beste Freundin.

„Die Namen haben wir ihnen gegeben“, erklärt der Herbergsvater. „Wenn man den Dachboden betritt, sieht man gleich rechts immer als erstes Susanne. Sie sitzt in einem Schaukelstuhl und sieht dabei aus dem Fenster, obwohl die Gardinen geschlossen sind. Dabei strickt sie an einem Schal, der nie länger wird. Auf der linken Seite des Dachbodens hat sich Klaus eine lange Kegelbahn gebaut. Er benutzt zum Kegeln rote Kugeln.“

„Huuh“, ruft Karl dazwischen, „dann bricht er sich bestimmt seine knochigen Finger beim Kegeln.“

„Karl!“, fährt Frau Quietsch den Schüler an. „Das ist jetzt aber zu gruselig.“

Da mischt sich Herr Kaltenbein ein: „Nein, nein, der Kegelnde Klaus ist vorsichtig. Er trägt dicke Fausthandschuhe zum Kegeln.“

„Und was ist mit dem dritten Gespenst?“, fragt Anne neugierig.

„Die Malende Marie steht immer ganz hinten im Raum vor einer großen Staffelei. Sie malt Nacht für Nacht an einem Bild. Darauf sieht man einen See mit einem Ruderboot. Genauso wie die Schaukelnde Susanne ihren Schal nicht zu Ende strickt, wird Marie nie fertig mit ihrem Bild. Aber keine Angst“, beruhigt der Herbergsvater, der die ängstlichen Gesichter sieht, „es gibt zwei Türen zum Dachboden, eine vorne und eine am Ende des Raums. Beide haben wir knallrot gestrichen, damit sich niemand dort hinein verirrt. Und außerdem sind die Gespenster ganz friedlich."

„So, das waren jetzt wirklich genug Gespenstergeschichten", fährt Frau Quietsch dazwischen.

Herr Kaltenbein lächelt seltsam und nickt.

Anne und Lucy teilen sich ein Zimmer. Nachdem sie ihre Sachen ausgepackt haben, sitzen sie auf ihren Betten.

„Ich denke, wir sollten es heute um Mitternacht machen", erklärt Anne.

Lucy nickt. „Der Dachboden ist perfekt für unsere Mutprobe."

Die beiden Freundinnen haben in den Sommerferien den Club der furchtlosen Zwei gegründet. Um die Sache mit dem Club perfekt zu machen, fehlt nur noch eine Mutprobe.

„Aber man darf eine Taschenlampe mitnehmen." Lucy fröstelt es bei dem Gedanken, nachts alleine über den Dachboden zu schleichen.

Bevor es zum Essen geht, planen die beiden ihre Mutprobe. Kurz vor Mitternacht wollen sie aufstehen. Lucy, so hat es das Los entschieden, wird als Erste gehen. Nur mit einer Taschenlampe ausgerüstet muss sie über den Dachboden schleichen. Auf der anderen Seite verlässt sie den Raum wieder und läuft dann auf den Schlosshof. Dort wartet sie auf Anne. Anne wird 15 Minuten nach Lucy aufbrechen.

„Ist doch ganz einfach“, erklärt Anne und kichert aufgeregt.

„Ja, kein Problem“, bestätigt Lucy und lächelt.

Um Viertel nach zwölf blickt Lucy auf die Uhr. Sie knipst die Taschenlampe aus und tritt auf den Schlosshof, der vom Vollmond beleuchtet wird. Plötzlich legt sich eine Hand auf ihre Schulter. Mit einem Schrei dreht Lucy sich um und blickt in die Augen ihrer Lehrerin Frau Quietsch.

„Sie haben mich aber erschreckt!“, stößt Lucy hervor.

„Was machst du denn hier, mitten in der Nacht?“, will die Lehrerin wissen.

„Ich warte auf Anne“, antwortet Lucy. Ihr Herz rast immer noch.

Frau Quietsch runzelt die Stirn. „Dann stelle ich meine Frage anders: Was macht ihr beide hier auf dem Hof?“

„Wir ... wir waren auf dem Dachboden“, stottert Lucy. Sie ist so überrumpelt, dass ihr keine gute Ausrede einfällt. „Wir müssen doch unsere Mutprobe bestehen.“

„Mutprobe!“, schimpft Frau Quietsch. „Ich höre wohl nicht richtig. Und gleich kommt auch Anne vom Dachboden?“

Lucy nickt schwach.

„Gut“, antwortet Frau Quietsch, „dann hebe ich mir meine Standpauke solange auf. In der Zwischenzeit kannst du mir von deiner Mutprobe erzählen.“

Lucy nickt erneut und berichtet:

„Na ja, Punkt zwölf bin ich mit meiner Taschenlampe die Treppe hoch. Oben sieht man gleich die braune Holztür zum Dachboden. Da bin ich rein und einmal über den Boden und auf der anderen Seite wieder raus. Und ich habe sogar die Gespenster gesehen! Gleich wenn man reinkommt sitzt da das Gespenst Susanne in einem Sessel und strickt. Genau wie es Herr Kaltenbein erzählt hat. Ich bin hinter ihrem Rücken langgeschlichen. Sie hat sich nicht mal umgedreht. Und dann kam der Kegelnde Klaus. Der hat die

Kegelkugeln über den Boden gedonnert. Komischerweise hat man aber kein Geräusch gehört. Als wären die Kugeln aus Luft. Und ganz hinten im Raum habe ich dann die Malende Marie gesehen. Sie hat gerade den See gemalt. Auch sie hat mich nicht bemerkt. Ich bin dann so schnell ich konnte raus aus dem gespenstigen Raum."

Lucy hat ihre Geschichte gerade beendet, da kommt Anne auf den Hof.

„Da ist ja die zweite Dachbodenschleicherin." Frau Quietsch sieht Anne vorwurfsvoll an.

Lucy zuckt entschuldigend mit den Schultern. „Sie hat mich überrascht, als ich vorhin hier raus kam."

„Und was hast du so auf dem Dachboden erlebt?", fragt die Lehrerin sie halb vorwurfsvoll, halb neugierig. „Lucy hat tatsächlich Gespenster angetroffen da oben", ergänzt Frau Quietsch.

„Ich auch!", erzählt Anne. „Das war vielleicht gruselig. Zuerst habe ich die Schaukelnde Susanne gesehen. Ich stand genau hinter ihr. Sie

hat gestrickt und aus dem Fenster geguckt. Das Mondlicht fiel direkt auf ihren komischen Schal. Dann kam der Kegelnde Klaus. Ich hätte ihn fast nicht bemerkt, weil er in einer dunklen Ecke stand. Zuerst habe ich nur einen dicken roten Fleck gesehen, der im Dunkeln geleuchtet hat. Als ich meine Taschenlampe darauf gerichtet habe, konnte ich Klaus beim Kegeln erkennen. Das Rote war ein großer Diamant, den er an einem Ring an seinem Knochenfinger trug. Ich wollte ihn nicht beim Kegeln stören, deshalb bin ich schnell weiter. Und hinten war dann die Malende Marie vor ihrer Staffelei. Sie hat das Segelboot gemalt. Gerade, als sie sich zu mir umdrehen wollte, bin ich so schnell wie möglich raus und hier runter."

Frau Quietsch und Lucy nicken.

„Bestrafen Sie uns jetzt, weil wir auf dem Dachboden waren?", fragt Anne die Lehrerin.

„Hm", überlegt Frau Quietsch, „so genau weiß ich noch nicht, wofür ich euch bestrafen muss. Für nächtliches Herumschleichen auf dem Hof vielleicht. Für nächtliches Herumschleichen auf dem Dachboden wohl kaum."

„Wieso?", fragen die Mädchen wie aus einem Mund.

Was meint die Lehrerin?

Fall 4:
Spuk oder Verbrechen?

„Auf unserem Speicher spukt es!"

Miri sieht Sarah und Jakob mit großen Augen an. Die drei sitzen auf der Treppe vor ihrem Haus.

„Ich glaube nicht an Gespenster", antwortet Jakob, und Sarah ergänzt: „Die gibt's doch nur im Märchen!"

Miri verschränkt trotzig die Arme. „Unser Dachbodengespenst ist aber echt! Es kratzt und knallt und jagt durch die Wände. Von oben bis zum Keller und zurück! Und Stöhnen tut es auch." Miri lässt ein schauerliches Ächzen hören, dass einem das Blut in den Adern gefriert.

„Wenn ihr lange genug hier wohnt", ergänzt sie, zufrieden mit der Wirkung ihrer Geschichte, „werdet ihr schon merken, dass es doch Gespenster gibt!"

Sarah und Jakob sind gerade erst in die alte

Villa mit den vielen Kaminen gezogen. In jeder Wohnung ist einer. Und es gibt nichts Gemütlicheres als ein Kaminfeuer. Nur die alte Frau Meisner, die mit ihrer erwachsenen Tochter Gesa und ihren Katzen im Dachgeschoss lebt, ist da anderer Meinung. Sie würde ihren Kamin gerne zumauern. Sie glaubt nämlich, dass das Gespenst durch die Kamine in die Wohnungen kommt.

Denn immer, wenn es spukt, verschwinden wertvolle Dinge.

Sarahs und Jakobs Eltern glauben, Frau Meisner sei ein bisschen verrückt, und die kleine Miri hätte zu viel Fantasie. Sie sagen, dass es für die Geräusche eine einfache Erklärung gibt. Vielleicht sind es die Katzen, die auf dem Dachboden herumtoben. Oder der Wind, der durch die Kamine fegt.

Aber das erklärt nicht das Verschwinden der Sachen, finden Sarah und Jakob. Und deswegen werden sie den Speicher unter die Lupe nehmen. Egal, wie viele Gruselgeschichten Miri erzählt.

Heute ist genau der richtige Tag für so ein Abenteuer, denn Sarah ist vorhin im Hausflur dem Schornsteinfeger begegnet. Und das bringt Glück. Der junge Mann mit seinem Kehrbesen und der schweren Eisenkugel wird in nächster Zeit öfter da sein. Sämtliche Kamine im Haus müssen gereinigt werden.

„Ich bin kurz weg“, ruft Miris Mutter ihr zu. „Der Schornsteinfeger ist da und muss später noch auf's Dach. Gesa hat den Schlüssel, um ihn wieder in die Wohnung zu lassen.“

„Alles klar!“, antwortet Miri.

„Dann lasst uns jetzt gleich auf den Speicher!“, flüstert Jakob.

Miri schüttelt den Kopf. „Ich bleib lieber hier.“

Also gehen Sarah und Jakob alleine. Auf dem Dachboden angekommen, wird ihnen doch etwas mulmig. Er ist groß und düster, und der Kaminschacht in der Mitte sieht aus wie ein unheimlicher Riese. Überall hängt Bettzeug zum Trocknen, das gruselige Schatten auf die Steinmauern wirft. Gesa Meisner macht für viele Familien in der Nachbarschaft die Wäsche und hängt sie dann hier oben auf.

Zum Glück haben Sarah und Jakob Taschenlampen dabei. Ganz vorsichtig tasten sie sich vorwärts. Da! Ein schauerliches Kratzen und Quietschen, dann sind schwere Schritte zu hören. Etwas schleift über den Boden.

„Der Geist!“, flüstert Jakob erschrocken.

Tatsächlich! Ein großer schwarzer Schatten

huscht vorbei. Die Geschwister nehmen leise die Verfolgung auf. Quer über den Speicher geht es, immer näher kommen sie der dunklen Gestalt, da ist sie plötzlich verschwunden. Als hätte sie sich in Luft aufgelöst! Ein weiteres Laken hängt vor einer Holzwand, sonst ist nichts zu sehen.

„Vielleicht haben wir uns das Ganze nur eingebildet", meint Jakob und lehnt sich enttäuscht gegen die Bretter. „Das war bestimmt nur ein Schatten oder ..."

Weiter kommt er nicht, denn plötzlich gibt die Wand hinter ihm nach, und er purzelt in einen schmalen Gang.

„Das gibt's doch nicht!", ruft Sarah. „Eine geheime Drehtür!"

Aufgeregt folgt sie Jakob. Neugierig sehen sich die beiden um. Links ist eine Holzwand, rechts eine Ziegelsteinmauer. Der schummrige Gang dazwischen führt zu einer Dachluke.

„Wozu braucht man einen Geheimgang, wenn es kein Geheimzimmer gibt?", fragt Sarah.

Jakob deutet auf die Luke. „Ich glaube, das ist der Weg zum Dach."

Doch so schnell will Sarah nicht aufgeben. Zentimeter für Zentimeter tastet sie die Ziegelsteine ab, während Jakob die Dachluke untersucht. Aufstemmen kann er sie nicht. Sie ist zu schwer.

„Ich hab was!", ruft Sarah plötzlich. „Hier sind einige Steine lose. Ob das ein Versteck ist?"

Jakob leuchtet mit der Taschenlampe hinein. Was sie da sehen, verschlägt ihnen die Sprache: Schmuck, Taschenuhren, Silberbesteck.

„Die verschwundenen Sachen!", jubelt Sarah. „Aber warum sind überall schmierige, schwarze Flecken drauf?"

„Sieht aus wie Fingerabdrücke", stellt Jakob fest.

„Da muss jemand aber ziemlich dreckige Finger haben", findet Sarah.

Jakob nimmt ein Taschentuch und holt vorsichtig ein paar der gestohlenen Dinge heraus. Als echter Detektiv weiß er, dass er selbst keine Fingerabdrücke hinterlassen darf. Sonst glaubt am Ende noch jemand, er hätte die Sachen geklaut.

„Also, ein Gespenst hat das Zeug sicher nicht gemopst“, überlegt er laut und dreht sich zu seiner Schwester um, die sich gerade nachdenklich ihr Näschen reibt.

Jakob prustet los. Sarah sieht wirklich sehr lustig aus. Sie hat einen grauen Streifen quer im Gesicht. Durch das Herumkrabbeln im Gang sind ihre Hände und Kleider voll hellgrauem, pudri-

gem Staub, den sie gerade über ihre Nase verteilt hat. Aber auch Jakob sieht nicht besser aus. Sogar seine Haare sind hellgrau. Aber was macht das schon, wenn man gerade einen Schatz entdeckt hat?

„Warum die Sachen wohl hier liegen?“, grübelt Sarah.

„Das ist bestimmt ein Zwischenlager“, vermutet Jakob. „Hier bunkert der Dieb alles, bis die Luft rein ist. Stell dir vor, er nimmt die Sachen mit nach Hause und jemand sieht sie. Dann ist er erledigt.“

„Das ist er so auch“, meint Sarah. „Morgen nehmen wir uns Proviant mit und legen uns auf die Lauer.“

„O ja!“ Jakob ist Feuer und Flamme. „Der entkommt uns nicht!“

Damit der Dieb in der Zwischenzeit nicht merkt, dass sie dort waren, räumen Jakob und Sarah alles wieder an seinen Platz. Dann schleichen sie zurück.

Kaum ist die Geheimtür hinter ihnen zu, hören die beiden einen Knall. Gesa ist auf dem Dachboden und schüttelt ein Laken aus.

„Was macht ihr denn hier?“, will sie wissen

„Spielen“, antwortet Jakob schnell.

„Spielt woanders“, grummelt Gesa. Dann fällt ihr Blick auf das Laken neben Jakob. „O nein, ihr macht mir ja die ganze Wäsche dreckig!“

Tatsächlich ist auf dem Laken ein großer schwarzer, rußiger Fleck zu sehen.

„Ich wollte für Miris Mutter die Laken abhängen, solange der Kamin gesäubert wird. Aber wegen euch kann ich jetzt nochmal waschen!“, schimpft Gesa.

Jakob will einwenden, dass sie es nicht waren, doch Gesa scheucht sie vom Speicher.

„Gesa ist oft hier oben, und sie kommt in viele Wohnungen“, überlegt Sarah. „Aber schmutzige Hände hat sie nicht.“

„Trotzdem sollten wir sie im Auge behalten!“, findet Jakob.

Am nächsten Tag treffen die beiden Detektive aber erst einmal auf eine traurige Miri.

„Jemand hat mein goldenes Armband geklaut“, schluchzt sie. „Das hatte ich von meiner Oma!“

Sarah und Jakob horchen auf. Gesa hat doch gestern die Wäsche von Miri und ihrer Mutter gewaschen. Und sie hatte den Schlüssel zur Wohnung. Sehr verdächtig.

Jakob legt Miri tröstend den Arm um die Schultern. „Was genau ist passiert?“, fragt er.

„Gestern, bevor ich zum Spielen raus bin, hab ich das Armband auf den Kaminsims gelegt. Als ich nach Hause kam, war es weg. Ich hätte es wissen müssen, denn der Geist hat wieder in den Wänden gerumpelt.“

Plötzlich leuchten Sarahs Augen auf. „Ha“, triumphiert sie, „das war kein Geist. Ich weiß wer es war.“

Weißt du auch, wer der Dieb ist?

Fall 5:
Die Schatzsuche

„Du wirst sehen, Schatz, es wird sicher lustig“, beruhigt Fritzis Mama ihre Tochter und drückt sie zum Abschied. „Vielleicht erlebst du ja auch ein richtiges Abenteuer!“

Fritzi glaubt ihrer Mama kein Wort. Natürlich ist sie gerne bei Oma Tina und Opa Riks. Und sie findet es toll, wenn sie mit Opa in sein Atelier darf. Das hat er sich in der umgebauten Scheune eingerichtet. Aber ein Abenteuer? Hier? In Schönebeck wohnen vor allem alte Leute.

Lieber würde Fritzi mit ihren Eltern verreisen. Aber weil Fritzis Mama auf eine Geschäftsreise muss, geht das diesmal nicht. Traurig winkt sie dem Auto ihrer Eltern hinterher.

„Komm, jetzt kümmern wir uns erst mal um das Abendessen“, sagt ihre Oma lächelnd und zieht sie mit ins Haus.

Für Fritzis Oma ist Kochen die Lösung aller

Probleme. Fritzi verdreht heimlich die Augen. Kochen und alleine spielen! Das werden bestimmt die langweiligsten zwei Wochen ihres Lebens!

Davon ist sie selbst noch überzeugt, als ihr Opa zum Abendessen ins Haus kommt. Sein Malerkittel ist mit blauen und grünen Flecken übersät.

„Ich habe einen Großauftrag“, erzählt er Fritzi. „Über 20 Bilder habe ich aufgefrischt!“

Fritzi versucht, interessiert zu schauen. Eigentlich findet sie es toll, dass ihr Opa an alten Bildern arbeitet, sodass sie wieder aussehen wie neu. Aber im Moment ist sie mit den Gedanken woanders.

„Und stell dir vor, im Sommer soll die Kirche einen neuen Anstrich bekommen!", erzählt er weiter. „Ich bin ja für himmelblau. Eine Kirche sollte doch auch was mit dem Himmel zu tun haben, findest du nicht?" Opa grinst Fritzi an.

Fritzi zuckt nur mit den Schultern und schmiert sich noch ein Brot.

Doch Opa Riks redet schon weiter: „Die anderen sind alle entweder für weiß oder gelb, denen kann ich nicht mit blau kommen. Deswegen verrate ich das auch nur dir."

Erst am Abend, nachdem Opa Riks ihr eine Grusel-Geschichte erzählt hat, erfährt Fritzi, dass ein Junge in ihrem Alter hier ins Dorf gezogen ist. „Paul ist der Sohn des neuen Arztes und eine echte Leseratte“, erklärt Opa Riks, und plötzlich freut sich Fritzi auf den nächsten Tag. Diesen Paul muss sie kennenlernen. Als Erstes wird sie ihm von Opas Geschichte berichten, die er ihr zum Einschlafen erzählt hat.

Angeblich gibt es nämlich unter der Wasseroberfläche des kleinen Sees am Rande des Dorfes ein Unterwasser-Dorf. Das sieht genauso aus wie Schönebeck. Nur spiegelverkehrt eben. Dort leben Wassergeister, die vor langer Zeit einen Schatz an Land versteckt haben. Bis jetzt hat den Schatz jedoch noch niemand gefunden. Nicht einmal Ed, der Großvater von Opa Riks. Und der war immerhin Fischer und mit den Wasserwesen befreundet.

„Nur wer seinen Augen mehr glaubt als seinem Verstand, kann den Schatz finden“, hat Opa Riks Fritzi zugeflüstert.

Deshalb macht sich Fritzi am nächsten Morgen auch auf die Suche nach Hinweisen auf den

Schatz. Und wo sind die wohl besser versteckt als auf einem Dachboden? Doch das Erste, was Fritzi auf dem Dachboden der Großeltern sieht, ist ein Junge. Seelenruhig sitzt er vor einem großen Bild und liest.

„Wer bist du denn?“, fragt er erschrocken, als er Fritzi bemerkt.

„Fritzi, und du?“

„Paul.“

„Aha!“, entfährt es Fritzi. „Du bist das also!“ Bevor Paul etwas sagen kann, fragt sie auch schon weiter: „Was ist denn das für ein Bild?“

Paul zuckt mit den Schultern. „Das hat Herr Riks heute Morgen dort hingestellt.“

Fritzi muss grinsen. Dass jemand ihren Opa mit „Herrn“ und seinem Vornamen anredet, findet sie komisch.

Schnell redet Paul weiter. „Er hat gesagt, es wäre uralt und sehr interessant!“

Jetzt wirft Fritzi einen genauen Blick auf das Gemälde und bekommt große Augen.

„Fällt dir denn nichts auf?“, fragt sie erstaunt.

Paul kneift die Augen zusammen. Auf den ersten Blick sieht man nur den See. Doch Fritzi deutet auf das Gesicht, das aus dem Wasser grinst. Einfach ist es nicht zu entdecken, denn es steht Kopf.

Paul nickt plötzlich und dreht das Bild um. Jetzt erkennen die beiden noch mehr Seewesen und ein ganzes Unterwasserdorf.

„Ich glaube, das Bild gehörte meinem Ururgroßvater!“, ruft Fritzi aufgeregt.

Schnell weiht sie Paul in alles ein, was Opa

Riks ihr erzählt hat. Zu zweit sucht sich so ein Schatz bestimmt leichter. Paul ist begeistert und dreht das Gemälde in jede erdenkliche Richtung. Doch mehr können die beiden nicht entdecken.

„Schade!" Paul ist enttäuscht. „Jetzt hab ich grüne und blaue Finger, aber das Geheimnis haben wir nicht gelüftet."

„Pah!", schnaubt Fritzi. „Ein guter Detektiv gibt nie auf!"

„Ein guter Detektiv könnte jetzt meine Finger-

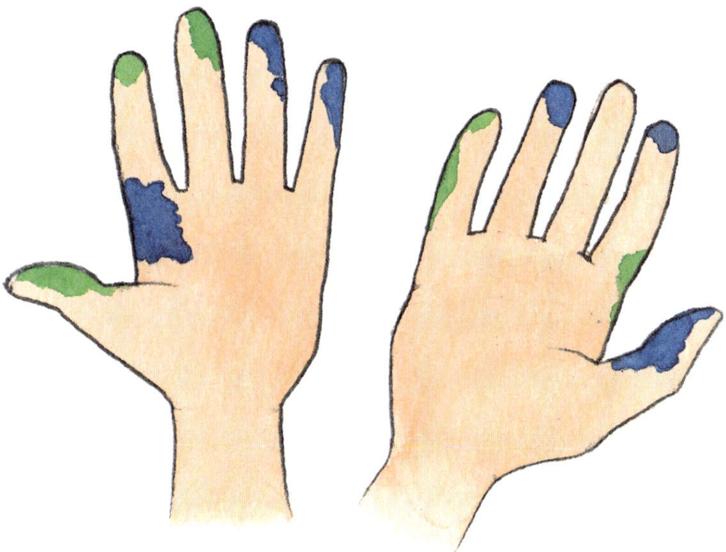

abdrücke von dem Bild nehmen“, meint Paul lachend und hält seine verschmierten Hände hoch. Dann werden seine Augen groß.

„Moment mal! Wir haben es noch gar nicht umgedreht!“

Fritzi guckt ihren neuen Freund verwundert an. Schließlich haben sie in der letzten halben Stunde das Bild auf jede erdenkliche Seite gestellt. Doch da packt Paul noch mal zu und hält die Rückseite ins Licht. Dort stehen Buchstaben. Aufgeregt beugen sich die beiden darüber.

„Nednif uz nefah ned mu sthcan ffihcs nie thcuarb saw“, liest Fritzi vor und zuckt mit den Schultern. „Klingt wie Wassermannsprache.“

„Wenn das so ist, müssen wir ds vielleicht auch auf den Kopf stellen“, überlegt Paul.

Das bringt Fritzi auf eine Idee. „Nee!“, jauchzt sie. „Nur verkehrt herum lesen!“

Ein paar Minuten später kommen die beiden am alten Gasthof am See an. Der ist nämlich in einem alten Leuchtturm untergebracht. Fritzi hatte Recht, die Buchstaben mussten einfach nur rückwärts gelesen werden!

Vielleicht steckt in den alten Gemälden, die an den Wänden des Gasthauses hängen, der nächste Hinweis? Doch zu ihrem großen Schreck stehen sämtliche Bilder an einen Tisch gelehnt.

„Was ist denn hier los?“, will Fritzi wissen. Sie hat Angst, dass vielleicht auch der Wirt nach dem Schatz sucht. Doch der ahnt offensichtlich nichts.

„Wir haben unsere Bilder heute erst zurückbekommen“, erzählt er. „Sie sind erneuert worden.“ Er spendiert Fritzi und Paul einen Tee. „Guckt sie euch ruhig an! Sie werden erst heute Mittag aufgehängt.“

Aufgeregt untersuchen die beiden jedes einzelne Bild. Sie riechen genauso wie das alte Gemälde von Ed, das auf dem Dachboden stand. Deswegen sind die beiden Schatzsucher auch sicher, auf der richtigen Fährte zu sein. Auf der Rückseite eines Bildes entdecken sie schließlich tatsächlich ein gefaltetes Blatt Papier. Aufgeregt schmuggeln sie es aus dem Gasthof.

Als sie es draußen aufblättern, erkennen sie eine Karte.

„Das ist der Weg zum Schatz!“, flüstert Paul, und Fritzi nickt. Jetzt müssen sie nur noch der eingezeichneten Linie folgen!

Der See ist dunkelgrün eingezeichnet. Weiter links geht der goldene Weg durch hellgrünen Wald, vorbei an dem himmelblauen Kirchenturm und dem roten Rathaus bis zu dem braunen Gutshaus. Gespannt gehen die beiden genau den Weg, der auf der Karte eingezeichnet ist. Doch als sie am Ende ankommen, schauen sie sich verwirrt um.

„Hier soll der Schatz versteckt sein?" Paul schüttelt den Kopf. Sie sind dort, wo sie hergekommen sind: beim Haus von Fritzis Großeltern.

Fritzi kann ein Kichern nicht unterdrücken. „Weißt du was? Ich glaube, wir müssen morgen noch mal richtig suchen. Lass uns jetzt erst mal Mittagessen. Ich wette, meine Oma hat gekocht, und meine Großeltern warten schon auf uns!"

Verwirrt schaut Paul seine neue Freundin an. Die grinst nur breit und sagt: „Pass auf, ich erklär es dir ..."

Brauchst du auch eine Erklärung?

Fall 6:
Detektivin unterm Dach

„Echt, du hast einen Ferienjob im Theater?“ Ulf starrt Anita mit großen Augen an.

„Na ja“, erklärt Anita, „mein Bruder Jo ist doch Bühnenbildner. Und ich bin so was wie seine Praktikantin.“

Ulf ist beeindruckt.

„Tu mal nicht so“, grinst Anita. „Du hilfst doch bestimmt wieder deinem Onkel, oder?“

Ulf nickt. „Ja, und das ist toll, weil ich später auch mal Schreiner werden will“, sagt er, sieht aber nicht gerade glücklich dabei aus.

„Aber?“, fragt Anita nach.

„Ach, seitdem genau nebenan dieser riesige Gebrauchtwarenladen aufgemacht hat, gibt es für meinen Onkel fast nichts mehr zu tun. Alle kaufen ihre Möbel da. Ist schließlich auch viel billiger, als sie extra anfertigen zu lassen.“

Anita hat ein schlechtes Gewissen. Auch sie

war schon in „Hajüs Stübchen“. Dort gibt es nämlich nicht nur gebrauchte Möbel, sondern auch Kleidung, CDs und allerlei Spielzeug.

Dann hat sie eine Idee. „Ich frage meinen Bruder, ob das Theater noch Schreiner braucht“, schlägt sie vor.

Ulf zuckt mit den Schultern. „Versuchen kannst du es ja“, sagt er.

Als Anita am Nachmittag hinter Jo die Theaterbühne durch die Seitentür betritt, hat sie Ulf und seinen Onkel schnell vergessen.

„Das gibt es doch nicht!“, brüllt ein dicker Mann mit Glatze aufgebracht. „Erst der Schaukelstuhl und jetzt alle Kostüme? Das geht doch nicht mit rechten Dingen zu.“

„Was ist denn los?“, fragt Jo leise den jungen Mann, der neben ihm steht.

Der verdreht die Augen hinter seiner Brille und klemmt die langen Haare hinter die Ohren.

„Es ist wieder geklaut worden“, berichtet er

dann. „Diesmal sind alle Kleider für das Stück Der Kirschgarten verschwunden."

„Was? Die kann man doch gar nicht auf der Straße anziehen", wundert sich Jo.

Flüsternd erklärt er Anita, dass Frau Stopf, die Kostümbildnerin, sämtliche Kleidungsstücke extra genäht hat. Denn dieses Theaterstück spielt um 1900. Und für die Aufführung soll alles genauso aussehen wie damals, das Bühnenbild und die Schauspieler.

„Dabei war ich nicht einmal fertig“, seufzt eine ältere Dame neben den Geschwistern, die Jo Anita als Frau Stopf vorstellt. „Fast alle Säume fehlen noch. Das heißt, die Kleider fransen aus, wenn man sie trägt! Und einige der Kleider hatten wir zwar schon braun gefärbt, aber noch nicht fixiert. Sie färben also noch ab. Was will der Dieb denn damit?“ Sie seufzt erneut und steckt ihre langen grauen Haare hoch. „Jetzt können wir

noch mal von vorne beginnen!“ Mit hängenden Schultern hinkt sie an dem Glatzkopf vorbei.

Jo wechselt einen Blick mit dem langhaarigen jungen Mann.

Der verabschiedet sich mit den Worten: „Ich zieh mich jetzt erst mal um und kümmer mich dann um meine Scheinwerfer.“ Das ist also einer der Lichttechniker, denkt Anita.

„Ich hoffe, der Dieb bekommt Ausschlag und stolpert über die ausgefransten Nähte!“, grummelt Jo, während er sich seinen grauen Arbeitsanzug überzieht. Dann zeigt er seiner Schwester das Theater: die Garderoben, das Möbellager und den Hängeboden.

Anita ist begeistert. „So einen Dachboden hätte ich auch gerne zu Hause!“

Der Boden ist nämlich eine Art gesicherte Brücke dicht unter dem Dach des Theaters. Hier hängen viele Seile, an denen die Scheinwerfer befestigt sind. Aber auch Teile des Bühnenbildes sind mit Schnüren versehen. Während der Umbaupausen werden sie nach oben gezogen oder nach unten gelassen. In weniger als fünf Minuten kann man so ein völlig neues Bühnenbild erstellen. Anita findet es so toll hier oben, dass sie noch ein bisschen bleiben will.

„Also gut“, sagt Jo. „dann treffen wir uns in einer Stunde hinter der Bühne!“ Schließlich muss er noch einen Ersatz für den gestohlenen Schaukelstuhl besorgen.

„Guck mal bei Ulfs Onkel“, schlägt Anita ihrem Bruder vor. „Der schreinert dir bestimmt alles, was du brauchst.“

Jo sieht Anita freudig an. „Das wäre toll! Ich gehe gleich zu ihm.“ Und schon läuft er los.

Anita sitzt auf dem Hängeboden und blickt sich neugierig um. Ein bisschen unheimlich ist es schon. Die ganze Bühne ist nur von zwei Spots erhellt. Schließlich sind alle Mitarbeiter des Theaters woanders damit beschäftigt, Dekorationen und Kostüme neu zu machen.

Doch was ist das? Bewegt sich da nicht etwas

im Dämmerlicht? Tatsächlich, zwei Gestalten schleichen über die Bühne. Eine trägt ein Käppi, auf dessen Hinterseite fröhlich ein Pferdeschwanz hin- und herschwingt. Ob das eine von den Näherinnen ist? Jetzt packt die Gestalt den schön verzierten großen Esstisch, der auf der Bühne steht, und hebt eine Seite an. Dabei fällt das Licht eines Scheinwerfers auf ihren Overall. Vielleicht ist das eine Bühnenbildnerin? Als sie den Kopf dreht, blitzt es kurz. Etwas in ihrem Gesicht scheint einen Lichtstrahl zu spiegeln.

„Komm schon“, flüstert die Gestalt. Anita ist verblüfft, wie gut sie hier oben alles verstehen kann.

„Warum ausgerechnet dieses Riesenteil?“, will eine rundliche Gestalt wissen und schnappt sich die andere Seite des Möbelstückes. Beide tragen den Tisch in Richtung der Seitentür.

„Ganz einfach, Hans-Jürgen hat dafür einen Kunden“, kommt die ungeduldige Antwort. „Und jetzt mach schon! Nicht, dass dich jemand vermisst. Du solltest gleich wieder ins Möbellager zurück!“

Also schüttelt sich die dicke Person ihre Haare aus dem Gesicht und beeilt sich. Die Seitentür klappt ins Schloss.

Anita blinzelt überrascht. Das Ganze hat höchstens zwei Minuten gedauert. Sie hört das Geräusch eines startenden Motors und springt auf. Das muss sie unbedingt Jo erzählen.

Doch als sie bei Ulfs Onkel ankommt, ist ihr Bruder nirgendwo zu sehen. Ulf und sein Onkel

sind in der hinteren Werkstatt beschäftigt. Gerade will Anita nach Jo fragen, da hört sie eine wütende Stimme. Sie schaut aus dem Fenster.

„Ich will mein Geld zurück, und zwar sofort!", faucht eine Frau, die den Ärmel ihres Kleides hochkrempelt. „Da! Das ist der Beweis!"

Anita verrenkt sich den Hals und sieht Jo, der diverse Möbel begutachtet, die auf dem Bürgersteig stehen. Auch andere Mitarbeiter, die sie vorhin im Theater gesehen hat, sind da. Der dicke Glatzkopf steht neben Frau Stopf. Der jun-

ge Techniker lehnt an einem Lieferwagen und putzt seine Brille mit seinem T-Shirt. Um seine Hüften hat er das Oberteil seines Overalls geknotet.

„Dafür kann ich doch nichts“, brummelt ein dünner Mann und zuckt mit den Schultern. Anita weiß, dass das Hajü ist, der Besitzer des Gebrauchtladens. „Sie wollten was für Ihr Faschingsfest. Dass es ausfranst und so, ist doch nicht meine Schuld.“

Die Frau ist hochrot im Gesicht und schüttelt

ihren braungefleckten Arm vor dem Gesicht des dünnen Mannes.

„Was macht es für einen Sinn, wenn ich den Preis für das beste Kostüm gewinne und hinterher so aussehe?“, will sie wissen. Doch ihr Gegenüber zuckt nur mit den Schultern.

Jetzt reicht es Anita. Sie marschiert raus und stellt sich vor die Gruppe. „Sie“, Anita deutet wütend auf Hajü, „verkaufen Diebesgut!“

Dann dreht sie sich zu ihrem Bruder um.

„Ich habe beobachtet, wie eine langhaarige Frau und ein dicker Mann einen Tisch von der Bühne geklaut haben!"

Überrascht wendet sich Jo an den Glatzkopf und Frau Stopf. „Ihr beide?", fragt er ungläubig. „Ihr beide habt uns beklaut?"

Bevor die Verdächtigen etwas sagen können, mischt sich Anita noch einmal ein.

„Nein, nein, sie waren es nicht."

Einen Moment lang denkt sie angestrengt nach und sieht sich genau um. Dann fängt sie an zu grinsen.

„Ich glaube, ich habe mich geirrt. Das passiert schon mal, wenn man jemanden nur von oben sieht. Sie", wendet sie sich dann an den Glatzkopf, „haben zu wenig Haare. Den dicken Dieb findet ihr im Möbellager des Theaters. Aber der andere steht hier. Und Hajü ist auch nicht unschuldig!", erklärt sie dann fest.

Was hat Anita herausgefunden?

Fall 7:
Ein ungewöhnlicher Einbrecher

Rafael sitzt aufrecht im Bett und lauscht. Ein seltsames Geräusch hat ihn geweckt. Doch jetzt ist alles still. Sein Wecker zeigt 0:07 Uhr.

Gerade will er sich zurücklegen, da hört er es wieder: ein Rascheln oder Schleifen. Und jetzt erkennt er auch, woher es kommt. Es befindet sich genau über ihm – auf dem Dachboden. Rafael läuft ein kalter Schauer über den Rücken. Wer kann das mitten in der Nacht sein? Seine Eltern sind bei Tante Klärchen zu Besuch und kommen erst morgen wieder. Ob das vielleicht Leonie ist, seine Schwester? Doch was tut sie dort? Leonie ist zwar schon 15 Jahre alt, aber trotzdem kann Rafael sich nicht vorstellen, was seine Schwester nachts auf dem Dachboden suchen könnte. Außer alten Möbeln und Kleidern ist dort nichts.

Während Rafael in seinem Bett sitzt und ängstlich grübelt, hört er erneut dieses merkwürdige Geräusch. Rafaels Herz klopft wild.

Wenn das jetzt ein Einbrecher ist, überlegt er, muss ich die Polizei rufen.

Rafael beschließt, zuerst einmal nach Leonie zu gucken. Vorsichtig schleicht er durch den dunklen Flur, öffnet die Zimmertür seiner Schwester und macht das Licht an.

Verschlafen reibt Leonie sich die Augen. „Mensch Rafael, was soll das?“, schimpft sie.

„Da ist jemand auf dem Dachboden“, flüstert Rafael. „Hör doch mal.“

Die beiden lauschen. Es ist still. Gerade will Leonie etwas sagen, da raschelt es wieder.

„Meinst du, es ist ein Einbrecher?“, flüstert Rafael aufgeregt.

Leonie ist ein wenig blass. Rafael kriecht zu seiner Schwester unter die Decke.

„Beim nächsten Geräusch rufe ich die Polizei“, erklärt sie.

Die beiden lauschen. Doch jetzt ist es still. Sie warten und lauschen weiter. Und über das Warten schlafen sie beide ein.

„Hey, ihr Siebenschläfer!“ Frau Wächter steht in der Zimmertür. „Wir sind zurück und haben frische Brötchen mitgebracht.“

„Wenn ich ein Siebenschläfer wäre, dann müsstest du mir aber Insekten und Vogeleier zum Frühstück anbieten.“ Leonie streckt sich.

„Oder Nüsse und Obst“, ergänzt Rafael, der lieber nicht an Insekten auf seinem Frühstücksteller denken möchte.

Letztes Jahr hatten die Wächters einen Siebenschläfer im Garten.

„Normalerweise sieht man sie nicht“, hatte Frau Wächter erklärt, „denn sie sind nachtaktiv.“

„Ich finde, Siebenschläfer hört sich gar nicht aktiv an“, hatte Herr Wächter lachend gesagt, „sondern eher, als würden sie rund um die Uhr nur schlafen.“

„Sie heißen so, weil sie sieben Monate Winterschlaf halten“, hatte Frau Wächter ihren Mann aufgeklärt.

„Auf jeden Fall sehen sie toll aus, wie eine Maus mit buschigem Schwanz." Rafael hatte sich an dem kleinen Tier gar nicht satt sehen können.

Mit einem Mal fällt Rafael wieder ein, warum er nicht in seinem Bett liegt.

„Heute Nacht war ein Einbrecher auf unserem Dachboden!"

„Was?", ruft Frau Wächter erschrocken. Und schon sprudelt die ganze Geschichte aus Rafael und Leonie heraus.

Gemeinsam schleicht die Familie Wächter auf den Dachboden.

Herr Wächter rüttelt vergeblich an der verschlossenen Tür zum Dachboden. Leise dreht er den Schlüssel und öffnet sie.

„Nichts außer altem Gerümpel", stellt Frau Wächter fest.

Herr Wächter überprüft sämtliche Fenster.

„Alle zu", erklärt er. „Keine Spuren eines Einbruchs. Ihr müsst euch getäuscht haben."

„Wir haben aber beide etwas gehört!“, protestiert Rafael.

„Vielleicht war es ja auch ein Gespenst“, flüstert Leonie.

„Gespenster gibt es nicht“, erwidert Rafael. „Es war ein Einbrecher, und ich werde herausfinden, wer es war. Schließlich bin ich Detektiv.“

Nach dem Frühstück zieht sich Rafael in sein Baumhaus im Garten zurück, um zu überlegen, was er nun tun wird.

Er betrachtet das Hausdach. Eigentlich kann der Einbrecher nur über das Dach gekommen sein. Im Erdgeschoss sind die Fenster und Türen zusätzlich vor Einbrechern geschützt.

„Hallo, Herr Klein“, hört Rafael plötzlich die Stimme von Herrn Roth. Roths und Kleins sind Nachbarn der Wächters.

Herr Roth steht am Gartenzaun und sieht zu Herrn Klein rüber, der gerade eine lange Leiter und einen Korb in den Garten trägt.

„Das ist ja eine lange Leiter", stellt Herr Roth ziemlich erstaunt fest.

„Ja", nickt Herr Klein und lehnt sie an einen Apfelbaum. „Die habe ich eben gekauft." Wie zum Beweis schneidet er mit der Gartenschere ein Plastikband auf, das die Leiter zusammenhält.

„Vielleicht leihe ich mir die mal, um meine Dachrinne zu säubern", sagt Herr Roth.

Mit einem Blick auf die Kletterausrüstung, die Herr Roth im Garten ausgebreitet hat, stellt Herr

Klein lachend fest: „Sieht eigentlich so aus, als bräuchten Sie keine Leiter. Schätze, Sie kommen damit“, er zeigt auf die Haken und Seile, „überall hoch.“

„Wenn es sein muss sogar Hauswände“, erklärt Herr Roth. „Vorausgesetzt die Ausrüstung ist vollständig. Ich hatte sie bis heute verliehen und muss jetzt erst mal gucken, ob alles da und in Ordnung ist.“

Rafael zieht seine Stirn in Falten und notiert schließlich in sein Detektivbuch:

Herr Klein: lange Leiter, verdächtig.

Herr Roth: Kletterausrüstung, verdächtig.

Weiteres Vorgehen: Falle stellen.

Rafael weiß auch schon, was er für seine Falle braucht: Nüsse. Er sammelt drei Haselnüsse auf, die von dem Strauch im Garten gefallen sind. Dann kehrt er zum Haus zurück.

Jetzt am Tag ist der Dachboden nicht besonders gruselig. Trotzdem läuft Rafael ein Schauer über den Rücken, als er den Raum betritt. Sorgfältig schaut er sich um. Es ist nichts Verdächtiges zu entdecken.

Also bleibt nur der Nuss-Trick. Er legt vor jedes der drei Fenster eine Haselnuss. Wenn das Fenster geöffnet wird, rollt die Nuss weg. Dem Dieb wird das nicht auffallen, aber Rafael. Dann weiß er zumindest schon mal, wo der Einbrecher einsteigt. Wie es dann weitergehen soll, wird sich später zeigen.

Am nächsten Morgen springt Rafael aus dem Bett und läuft auf den Dachboden. Vorsichtig

schließt er die Dachbodentür auf und streckt den Kopf hindurch.

„Vor dem einen Fenster fehlt tatsächlich die Nuss, die ich dort hingelegt hatte. Jemand muss es geöffnet haben!“ Rafael bückt sich und sucht den Boden nach der Nuss ab.

„Was machst du denn da?“, fragt plötzlich eine Stimme hinter Rafael.

Erschrocken dreht er sich um. „Leonie, hast du mich erschreckt!“

„Du mich auch. Ich bin von deinen Schritten

aufgewacht und dachte, der Einbrecher ist wieder da."

„War er auch! Heute Nacht!" Rafael erklärt seiner Schwester aufgeregt seinen Detektivtrick. „Und statt der Nuss vor dem Fenster liegen hier nur noch Nussschalen", beendet er den Bericht und zeigt auf die Schalen.

„Also", fasst Leonie zusammen, „die Dachbodentür war von außen verschlossen, als du kamst, und alle Fenster waren auch zu. Aber die Nuss liegt nicht mehr vor dem Fenster, was bedeutet, dass jemand das Fenster geöffnet und dann vor lauter Hunger die Nuss gegessen haben muss. Aber“, überlegt sie laut, „jetzt sind alle Fenster wieder verschlossen. Wie macht der Einbrecher das? Und vor allem: warum?“

Dann zeigt sie auf das Lüftungsgitter neben dem Fenster und sagt: „Vielleicht kann er sich ja ganz klein machen und dort durchschlüpfen.“

„Du spinnst!“ Rafael guckt seine Schwester böse an. Schließlich ist dies ein echter Kriminalfall. Doch dann muss er plötzlich grinsen.

„Obwohl ... vielleicht hast du sogar Recht.“

Jetzt ist es Leonie, die ihren Bruder anguckt, als wolle er sie auf den Arm nehmen.

Weißt du, was los ist?

Lösung Fall 1:

Als Fine am Abend zuvor versuchte, die Holzkiste von dem Ast des Apfelbaums zu befreien, sah sie die Katze von Herrn Weber. Der Einbrecher muss also schon da gewesen sein, denn die Katze war durch das Fenster abgehauen, das der Einbrecher geöffnet hatte.

Igor kann es nicht gewesen sein. Ninas Handy klingelte mit Igors Erkennungslied, als der Einbrecher gerade ins Auto stieg. Der Mann hatte aber beide Hände voll und hätte nicht telefonieren können. Außerdem parkt Igor seinen Lieferwagen immer so, dass er bergab losfahren kann. Der verdächtige Wagen verschwand aber bergauf. Einen Lieferwagen haben auch der Dachdecker und der Gärtner. Beide konnten während der Mittagspause die Briefmarkensammlung von Herrn Weber auf dem Tisch liegen sehen, als sie auf dem Gerüst saßen. Der Mann, den Fine gesehen hat, trug in der linken Hand eine Tasche und hat mit der rechten das Auto aufgeschlossen. Das lässt auf einen Rechtshänder schließen. Der Dachdecker ist Linkshänder. Demnach muss der Gärtner der Dieb sein.

Lösung Fall 2:

Was die Fingerabdrücke und das Autokennzeichen betrifft, liegt Tobi genau richtig. Doch der Einbrecher ist nicht der seltsame Mann mit dem Handy, sondern der Kassierer im Freibad.

Die Indizien: Die Jungen finden Fußspuren von dem Einbrecher. Diese Abdrücke sind die gleichen wie die von Julius. Und Julius trägt die gleichen Turnschuhe wie der Kassierer. Der andere Mann hatte Sandalen an. Außerdem sagt der Mann am Handy, dass er sich keine Notizen machen kann, weil er keinen Stift hat. Der Kassierer behauptet aber, der Mann im Anzug hätte sich Notizen gemacht. Er lügt, um den Verdacht auf den Mann zu lenken. Der Kassierer hatte das Notizbuch auch in der Hand und konnte darin lesen. Außerdem war er eine Zeit lang weg. Die Frau, die sonst Pommes verkauft, musste ihn vertreten. In dieser Zeit war der Kassierer im Büro der beiden Detektive. Die Beute im Schwimmbad zu verstecken, war für ihn natürlich ein Kinderspiel.

Lösung Fall 3:

Weder Anne noch Lucy haben sich auf den Dachboden getraut. Beiden war es zu gruselig, aber sie wollen es nicht zugeben. Deshalb erzählen sie nach, was sie vom Herbergsvater über die angeblichen Gespenster gehört haben. Doch beiden unterlaufen Fehler. Lucy berichtet von einer braunen Holztür zum Boden, obwohl Herr Kaltenbein von einer roten Tür erzählt hat. Außerdem erwähnt Lucy, dass Susanne im Sessel sitzt. Aber Susanne sitzt in einem Schaukelstuhl. Deshalb heißt sie ja die Schaukelnde Susanne. Anne hingegen behauptet, der Vollmond hätte durch das Fenster auf Susannes Schal geschienen. Der Herbergsvater hat aber erzählt, dass der Vorhang immer geschlossen ist. Außerdem hat Anne angeblich einen Ring am Finger des Kegelnden Klaus gesehen. Aber Klaus trägt Fausthandschuhe zum Kegeln. Und dann sieht Anne die Malende Marie angeblich ein Segelboot malen. Doch Marie malt immer das gleiche Motiv: den See mit Ruderboot.

Lösung Fall 4:

Nicht Gesa stiehlt, sondern der Schornsteinfeger. Genau wie sie hat er Zugang zu vielen Häusern und daher die Möglichkeit, Dinge einzustecken. Am Vortag war er allein in Miris Wohnung. Gesa hatte zwar den Schlüssel, um ihn reinzulassen, ist selbst aber nicht geblieben.

Im Gegensatz zu Gesa macht sich der Schornsteinfeger beim Arbeiten schmutzig. Ruß klebt an Händen und Kleidung. So kommen die schwarzen Fingerabdrücke auf die gestohlenen Dinge und auf das frisch gewaschene Laken. Der Staub vom Speicher dagegen ist hellgrau.

Durch seine Arbeit weiß der Schornsteinfeger von dem Gang und der Dachluke. Er war der schwarze Schatten, den Jakob und Sarah gesehen haben. Die schaurigen Geräusche in den Wänden stammen von den Geräten, die er beim Säubern der Kamine benutzt, wie Kehrbesen, Kugel und Kratzhammer.

Lösung Fall 5:

Fritzis Opa steckt hinter dem geheimnisvollen Gemälde und dem alten Brief. Er hat sich für seine Enkelin ein kleines Abenteuer ausgedacht. Auf seinem Malerkittel waren blaue und grüne Farbflecken, am Abend bevor Fritzi das geheimnisvolle Gemälde entdeckte. Also die gleichen Farben wie auf dem Bild. Und auch wenn Paul glaubt, das Bild sei schon sehr alt, stimmt das nicht. Fingerabdrücke kann man nur in frischer Farbe hinterlassen. Auch die Gemälde des Gasthauses kommen direkt aus der Werkstatt von Fritzis Großvater. Nicht nur, dass der Gastwirt ihnen sagt, dass die Gemälde frisch vom Erneuern kommen, auch riecht Fritzi einen ähnlichen Geruch wie bei dem angeblich alten Bild vom Dachboden. Opa Riks hat ihr selbst gesagt, dass er gerade einen Auftrag fertig gestellt hat, bei dem er viele alte Gemälde erneuern sollte. Ein weiteres wichtiges Indiz ist der blaue Kirchturm auf der Schatzkarte. Nur Opa Riks wünscht sich eine blaue Kirche. Und das weiß auch nur Fritzi.

Zwar hat Fritzi bei dieser Schatzsuche keinen Schatz gefunden, dafür aber einen echten Freund!

Lösung Fall 6:

Anita hat keine Frau beim Stehlen beobachtet, sondern einen langhaarigen Mann: den Techniker. Nicht nur sein Pferdeschwanz unterm Käppi verrät ihn, sondern auch sein Overall und seine Brille. Die hat nämlich einen Lichtschein zurückgeworfen, als Anita ihn vom Hängeboden aus beobachtet hat. Frau Stopf hinkt. Das hätte Anita von ihrem Beobachtungsposten aus sicher bemerkt. Der Glatzkopf kommt nicht in Frage, da die dicke Gestalt eindeutig Haare hatte. Die zweite Gestalt war jemand, der im Möbellager des Theaters arbeitet.

Hajü ist der Hans-Jürgen, dem der Techniker und sein Komplize den gestohlenen großen Tisch verkaufen wollen. Auch die geklauten Kostüme hat Hajü gekauft. Denn die wütende Kundin des Gebrauchtwarenladens hatte nicht nur Probleme mit den Nähten ihres Faschingskostüms, sondern auch damit, dass es braun abfärbte!

Lösung Fall 7:

Rafaels erster Verdacht fällt auf die Nachbarn. Herr Klein hat eine lange Leiter, und Herr Roth kann mit seiner Kletterausrüstung an einer Hauswand hochklettern. Doch Herr Klein hat seine Leiter erst am Morgen nach dem ersten Einbruch gekauft. Herr Roth hatte seine Kletterausrüstung verliehen und weiß gar nicht, ob sie vollständig und in Ordnung ist.

Wer könnte es sonst noch sein? Wer schafft es, auf den Dachboden zu kommen und als einzige Spur eine Nuss verschwinden zu lassen? Leonie hat Recht, es muss jemand sehr Kleines sein.

Jemand, der Nüsse mag. Dabei fällt Rafael der Siebenschläfer ein, der schon letztes Jahr bei den Wächters im Garten wohnte. Das muss der Eindringling sein. Siebenschläfer sind zwar klein, können aber ganz schön Krach machen.

Die Autorinnen

Ulrike Rogler studierte Germanistik in Frankfurt a.M. und Berlin. Die Autorin arbeitet als Redakteurin für diverse Magazine sowie Kinder- und Jugendzeitschriften. Gemeinsam mit Simone Veenstra hat sie zahlreiche Bücher für Kinder und Jugendliche veröffentlicht. Ulrike Rogler lebt und arbeitet als freie Autorin und Journalistin in Berlin. Weitere Informationen unter www.scriptease-berlin.de

Simone Veenstra studierte Film- und Literaturwissenschaft in Erlangen, Groningen, Berlin und New York. Nach dem Abschluss ihres Studiums arbeitete sie als Regisseurin und Redakteurin, bevor sie sich voll und ganz dem Schreiben widmete. Sie wurde für den Agatha-Christie-Preis nominiert. Weitere Informationen unter www.scriptease-berlin.de

Die Illustratorin

Katherina Lindenblatt wurde in Oelde geboren und wuchs in Haltern am See auf. Seit 2002 lebt sie in Münster und studiert dort Design an der Fachhochschule mit dem Studienschwerpunkt Kinderbuchillustration. Weitere Informationen und Arbeitsproben auf www.lindenblatt.info